Ye

2587

DISCOVRS

FACETIEVX ET POLITIQVES,

EN VERS

BVRLESQVES,

Sur toutes les Affaires du Temps.

Par O. D. C.

A PARIS,

Chez Guillaume Saffier, Imprimeur & Libraire
ordinaire du Roy, ruë des Cordiers, proche
Sorbonne, aux deux Tourterelles.

M. DC. XXXXIX.

Auec Permiffion.

DISCOVRS

facetieux & Politiques,

EN VERS

BVRLESQVES,

Sur toutes les Affaires du Temps.

'AVTRE iour dans vn ieu de Boule
Eſtoit vne fort grande foule
De Bourgeois, qui furent long-temps
Sur le diſcours du mauuais temps.
 Chacun raiſonnoit à ſa mode:
Le Prince auec ſes troupes rode
Diſoit l'vn tout au tour d'icy;
Ils furent tous hier à Iſſi,
A Meudon, puis au bourg-la Reiné,
Auant-hier ils tenoient la Plaine
Entre Mont-martre & Saint Denys;
Et qui plus eſt ils ont Lagnys;
Et tiennent la Marne & la Seyne,
Ce qui réjouït fort la Reine,
Qui veut garder le Cardinal,
Bien qu'il nous ait fait tant de mal,

Et ne veut preuenir l'orage,
Quoy qu'elle soit & bonne & sage.
Mais adjousta l'vn des hardis,
Ie deurions sortir de Paris,
Afin de pouuoir rendre libres,
Quelque passage pour les viures;
L'autre proposa qu'on deuroit,
Aller à Sainct Germain tout droit,
Que c'estoit le plus necessaire,
Pour abreger tout cet affaire,
Et juroit ferme sur sa foy,
Qu'on en rameneroit le Roy:
Vn certain qui faisoit le maistre,
Et qui vouloit sur tous paroistre
Dit, deputons à S. Germain,
Aujourd'huy mesme ou bien demain,
Et que chacun cette boutade,
Fasse approuuer à sa jurade.
Le plutost n'est que le meilleur,
Dit vn de ces Bourgeois, Tailleurs:
Cherchons vn homme de seruice
Qui puisse faire cét office
Et loüons luy tous vn Cheual
Ie sçay vn certain Caporal
Qui loge tout prés de la Halle,
Il juge assez bien de la Balle,
Mais c'est vn maistre Sauetié
Qui ne veut pas aller à pié,
Et qui plus est c'est vne charge
Qui merite depence au large.
Cet illustre estant à Cheual,
S'en va trouuer le Cardinal
Pour saluer son Eminence
Et luy presenter sa creance.
Mais comme il fut au grand chemin
Qui conduit droit à S. Germain,
Il rencontra quelque soudrille,
Qui luy fit quitter la Roupille,
On luy prit aussi son Cheual
Et qui ? des gens du Cardinal

Dit

Dit vn autre tout en colere,
Ie pense qu'il estoit le frere,
De ce Monsieur l'Ambassadeur,
Ou bien le mary de sa Sœur;
Il se plaignit de la fortune
Et particuliere & commune
Que deux teigneux & vn pelé
Eussent son frere flagellé,
Et vsé dessus ses Espaulles
Trois ou quatre pacquets de gaules,
(Peut-estre plus, peut-estre moins,
Ce n'est pas là, que sont mes soins)
Là suruint d'vne mine graue,
Vn homme au nez de bletteraue,
Qui se plaignoit des Senateurs,
De Mazarin de ses flatteurs,
Du Duc, du Prince, de la Reine;
Par-ce qu'il estoit fort en peine,
De trouuer pour quatre repas:
D'en faire moins il ne veut pas,
Disant que jeusner est vn vice
Et se retrancher auarice;
Qu'il s'en rapporte à S. Martin,
Ou bien à la Pomme de Pin,
Comme à Iuges tres-legitimes
Et fort competans de ces crimes,
Qu'on void toutes choses changer,
Pasticier deuient Boulanger,
Chacun fait moudre sa farine,
L'vn vn boisseau, l'autre vne mine:
(Car ils n'en ont pas tous antant
Leur pouuoir estant different;)
Rotisseur ayme sa marmite,
Plus que sa broche & lechefrite,
Et croy mesme que la Poulain
Troque son gibier pour du pain
La riche vallée de misere
Autrefois, à present pas guere,
Ne void plus de happons du Mans
Retenus par les Allemands;

Qui quand ils en sont à bien boire,
S'en diuertissent la machoire
Accompagnés des Polonois,
Qui valent pis que les Anglois,
Bien qu'ils fissent jadis en France,
Vne fa cheuse decadence.
Ces Reistres que ie hay si fort,
Qui nous persecutent à tort,
Nous prennent tout, lapin & lieure
(Leur peussent-ils donner la fievre)
Ils ne s'en arrestent pas là,
Baisent nos femmes, & voilà
Vn homme cocu dans vne heure,
Qui croyoit sa femme fort seure.
Sans justice, ny sans respect,
Ny sans quelconque autre sujet,
Toutes passent par l'examine,
Celles qui sont de bonne mine,
Et celles qui ne le sont pas,
Font également bon repas.
Ier dy ma commere Charlotte,
Auecques sa fille Marotte,
S'en alla vers Hauberuillié,
Ce n'estoit pas pour du pourpié,
C'estoit pour de la chicorée,
On peut estre de la purrée,
Elles trouuerent près de là,
Qui la virginité vola
A la fille, car pour la mere
Bien quelle ne soit pas seuere,
Il faudroit que l'on fust bien fin
Pour luy faire ce larcein;
   En suite enuiron vn quart-d'heure,
Comme s'ils eussent veu le leurre,
Suruindrent d'autres desgoutés,
Qui tous gays de quelques costés,
Leur pillage venoient de vendre;
Ceux-cy ne luy purent plus prendre,
Quoy qu'ils fissent tout leur effort,
Croyant luy faire plus de tort;

Et que sans doute vn pucelage
Estoit là comme oiseau en cage;
Mais c'est chose qu'a l'ennemy
Mesme ne se donne à demy.
  Cette aduanture de Marotte
Arriue a la sage, à la sotte;
Et à la Femme du Bourgeois,
Comme à celle du Villageois.
Les Demoiselles haut huppées,
Y sont les premieres duppées,
Et du Tillet & le Tellier
Au bas d'vn morceau de papier,
Ne sert qu'à les rendre faciles,
A s'exposer en malhabiles,
A l'indiscretion du sort,
Qui souuent ne les meine à port
Ains tombent es mains des Pyrates
Ie veux dire de ces Sarmates,
Qui nous causans tant de malheurs,
Sont Pyrates estans voleurs:
Ils ne les traittent de ma vie,
Ny de Cloris, ny de Syluie,
Ny ne leur donnent du Soleil
Par le nez, ny de mon bel œil;
Mais d'vn mot dit auec outrance
Triomphent de leur resistence;
Ne cherchant point d'autre ornement,
Ou la force est le compliment.
  I'ay presqu'icy quitté mon texte
Sur vn assez mauuais pretexte,
Reuenons-en donc aux Leureaux,
Aux Perdris, & aux Faisandeaux
De la Vallée, & aux volailles
Qui cedent la place aux ferrailles,
Tres-inutille parement,
  En ce temps icy mesmement
Où l'on demande dequoy frire,
Autrement on ne peut pas rire;
Car qui croiroit que ce metal,
D'eust entretenir l'animal

Meriteroit pour aduanture,
De n'auoir autre nourriture
Si nous repassons d'aussi prés
Le fameux marché de Cerés,
Le tresor public d'abondance,
Où de chaque endroit de la France,
L'on souloit apporter du fruit,
Et ou l'on faisoit tant de bruit:
I'entends ce qu'on nomme la Hale,
On n'y void plus rien que la bale,
Du grain qu'on y vid autrefois,
Ny les balances, ny les poids,
N'aucun autre outil du commerce
N'y souffre pas beaucoup de presse.
C'est sur tout en cette saison,
Ou tout abondoit à foison;
Rien pourtant en ce lieu n'arriue,
Ny merlu, ny saule, ny viue,
Ny saulmon, raye, ny harang,
Soit ou soret, ou harang blanc;
Ny brochets, ny barbeau, ny carpe;
Où j'estends à l'instant la harpe,
Quand ie la vois au court-boüillon
Cuite par un fameux souillon,
Tout en est (ce qui me rend triste)
Banni comme Cardinaliste.
Il n'y vient ny feues, ny pois,
En colere depuis les Rois,
Ny froment, seigle, ny nentilles,
Qui nourriroyent bien nos soudrilles,
De toute la mesme façon,
Que si la gresle eut fait moisson;
Car quand cette peste s'en mesle
Elle fait bien pis que la Niesle,
Qui ne s'en prend, qu'à quelque espic,
Au lieu que l'autre rie a ric,
Fauche toutes les apparences,
Qui promettoient force esperances.
(Là chacun se bat pour du pain,
L'vne appelle l'autre putain;)

Celle

Celle qui l'est autant comme elle,
Traitte l'autre de maquerelle,
Vieux reste du siecle passé,
Aussi fausse qu'un pot cassé,
D'emporter ce pain tu t'appreste,
Ie t'en taray dessus la creste,
Tu t'attends là pour ton repas,
Merci bien tu ne l'auras pas :
Ne l'ay je pas payé, cousene,
N'est-ce pas moy, plustost, voisene,
I'estions icy, vous estiez là,
I'estions icy deuant cela :
En suitte du maquerellage,
Se deffigurent le visage,
Celle cy luy casse ses œufs,
L'autre s'en prend à ses cheueux,
Les ongles y font leur office,
Chacune en requiert du seruice,
Puis suruient pour les separer,
Femme, qui ne craint le danger,
Vne charitable Harangere,
Deffaite comme vne megere,
Qui reçoit quelque coup de poing,
Pour le grand mercy de son soin ;
Alors la voila dans la guerre,
Sa charité deuient colere,
S'engage auant dans le combat,
Frappe, decoiffe, gourme, bat,
Comme elles se peint le visage,
De sang, de fange : Et le courage,
Ny le cœur ne sont superflus,
Que quand elles n'en peuuent plus,
Lors comme elles manquent d'haleine,
Leur rage n'est morte ; mais vaine.

    Allons faire deux ou trois tours
Ou Bachus tenoit ses grands iours,
Où se debitoit l'ambroisie,
Qui fait mourir la ialousie.
L'on n'y trouue plus ces bons vins,
Fumeux, genereux, & diuins

De Beaune, d'Aï, de Bourgongne,
Dont ie me peins souuent la trongne.
Marseille, la pomme de Pin,
L'Escu d'argent, & sainct Martin,
Le petit voisin, la montagne,
A qui l'on prit à la campagne
Nonante-neuf & vn escu,
(Sa femme l'en nomma cocu,)
La Croix de fer & la Croix blanche,
Où ie disnois encor Dimanche,
Nostre-Dame, le Chappelet,
Où i'ay mangé poule & poulet,
Le Chesne vert, l'Aigle royale,
Que tous-jours j'ay trouué loyale,
L'Escharpe blanche, le Soleil,
Tout cela pleure de Corbeil:
Car c'estoit delà que la Seine
Leurs prouisions leur ameine;
Mais auiourd'huy la garnison
Leur rend mauuaise la saison.
Chascun estime moins son lierre,
Pour bouchon que pour son cauterre,
(Car trop boire; & des actions
Pareilles, causent fluxions,
Ce dit l'Eschole de Salerne,
Qui compte bien d'autre lanterne,
Citant Hippocrate & Galien,
Mais pour moy ie n'en crois pas rien,
Qui ne suis pas depositaire
Des secrets d'vn Apothicaire)
Enfin Gonnesse & sainct Denys,
Brie Comte-Robert & Lagnys,
Et les chemins de Nortmandie,
(Que voulez-vous que ie vous die)
Sont empeschez de force gens,
Pour nous faire roüiller les dents.
   C'est ainsi que ce Politique
Moins Philosophe que Bacchique,
Manifestoit son sentiment;
Mais autant emporte le vent,

Parmi beaucoup de babioles,
Que luy consignent testes foles :
De vermillon enluminé,
Quatre gros rubis sur le né,
Se riant il faisoit la nique,
Lors que l'on siffloit sa rubrique,
Et qu'vn homme d'assez bon sens,
Pour le moins de quatre-vingt ans,
Lequel se trouua dans la trouppe,
Vous luy gaigna d'abord la crouppe,
Et le poursuiuit viuement,
Sur son mauuais raisonnement.

Disant qu'il auoit force lustres :
Mais qu'onques n'auoit veu si rustres,
Les François, que presentement,
Et du temps de deffunt Armand.
Qu'ils auoyent souffert toutes choses,
Les espines, comme les roses,
La guerre, la faim, les prisons,
Les cruautés & les poisons ;
Que toutes les marques royales,
S'estoyent changées en fatales,
Les lys par des conseils rusés,
Deuenus des cheurons brisés,
Et pour la plus laide des taches,
Changées en verges & haches,
Qui nous en menacent à present,
De tout ce qu'on craint de sanglant.
La couronne en chappeau de pourpre,
Et qui pis est la France souffre
Le sceptre vn injuste baston,
Deuenir és mains d'vn mignon,
Dont insolemment il maltraitte
Le Senat, le peuple & le reste.

Qui protege les Partizans,
Bourreaux de peres & d'enfans,
Tarit la source des Finances,
Exerce tant de violences
Par ces voleurs du bien d'autruy,
Qui ne desroberont mes-huy ;

Cherche leur lasche ministere,
En fait vn importun mistere
Commun seulement aux vautours,
Qui nous deschirent tous les iours;
Et en cache la cognoissance
Aux Economes de la France,
I'entends cet Auguste Senat,
L'infaillible appuy de l'Estat,
Le iuste punisseur des crimes
Et nos Protecteurs legitimes,
Desquels l'adroite Prouidence
Rendra le bon heur à la France,
Et la felicité des lys
De Charlemagne & sainct Louys.
Les Restaurateurs de l'Empire,
Qui depuis si long-temps souspire,
Subiette aux tyrannans fauoris,
Qui sont iniustement nourris
Dans son sein, comme des viperes,
Qui causent toutes ses miseres.
Les exorcistes de nos maux,
Les Medecins de nos trauaux,
Les aymables intelligences,
Qui promettent des influences
A la couronne de nos Rois,
Plus fauorables qu'autrefois;
Qui par des graces dignes d'elles,
En grossiront toutes les perles.
Ce sont les augustes mortels,
Qui veulent teindre les autels
De la secourante Iustice,
Par vn equitable supplice,
Et par un diffame eternel,
Du plus celebre criminel
Qui iamais ait volé la France,
Et mise à sec son abondance.
Ces Protecteurs de l'innocent
Veulent chercher dedans le sang
D ses mal-heureux satellites,
Plus redoutables que les Scythes,

Les sueurs de tant de sujets,
Tristes & funestes objets,
Des fureurs de leur tyrannie
Et de leur auare manie.
Remettre le pauure thresor
Comme il estoit au siecle d'or,
Y faire rentrer l'abondance,
Conjurer le sort des finances,
L'instrument des plus grands exploits,
La clef inuisible des Rois,
Qui gagne le cœur mercenaire.
Le vigoureux nerf de la guerre,
Le grand lustre de leur pouuoir,
L'aymable motif du deuoir,
Le ministre de la victoire,
Et l'heureux secours de la gloire.
- Ils veulent restablir nos loix,
Rendre la liberté des voix,
Aux oracles de la justice,
Bannir la ruse & l'artifice,
Qui separait l'autorité
De la Royale Majesté,
Pour l'annexer au ministere,
Par vn attentat temeraire.
On veut rendre aux Princes du sang
Le juste pouuoir de leur Roy,
Vsurpé depuis tant d'années
Sur leurs personnes mal menées,
Qui ne sont pas moins le support
Du trosne, qui branle si fort,
Que les deux Anges tutelaires,
Le sont de l'escu de leurs peres.
On veut chasser de tout costé
Le demon de la cruauté,

D

Et l'infatiable auarice
Son affociée & complice
De tous les maux, que nous fouffrons
Par les mains de force frippons.
Remettre vne paix fans feconde,
Afin qu'au bien de tout le monde,
Du Roy, de l'Eftat, des Sujets,
Les trois principaux interefts,
Qui font agir ce corps celebre,
Et non quelque caufe funebre,
Il fe forme vn temperament,
Des douceurs du commandement,
Et de la j·fte obeyffance,
Que faffe refleurir la France,
Affermiffe tout au dedans,
Pour ny craindre les mefcontens,
Et pour conjurer les tempeftes,
Qui vont menaçant nos conqueftes.
    Le vieillard a heua par là
Le raifonnement, que voilà,
Et fortifia par merueilles
Les courages par les oreilles,
Concluant que fi l'on manquoit
De viures, & fi l'on fouffroit
A prefent vn peu de mifere,
Elle feroit fort paffagere;
Et que foit pour la qualité,
Soit auff pour la quantité,
Les maux que fupportoit la France,
Eftant de toute autre importance,
Il falloit fe refoudre enfin;
D'en procurer mef-huy la fin.
    Mais vous vous attendez peut eftre
De reuoir auiourd'huy les Gueftres

De nostre illustre Ambassadeur
Sauetié, parlant par honneur,
Il faudroit force patience,
Et plus de cent ans de constance,
Vous ne sçaurez de luy comment,
Ny mesme au iour du iugement,
Il s'acquitta de l'Ambassade,
Dont il faisoit tant de parade :
Si ce fut bien, si ce fut mal;
Ny ce qu'il dit au Cardinal.
Apprenez de ce vers Burlesque,
Qu'il fut pris de soldatesque;
Et que Messieurs les Polonois,
Luy desapprirent le François,
Le haussant de plus d'une toise,
Comme le Heros de Pontoise.

F I N.

www.ingramcontent.com/pod-product-compliance
Lightning Source LLC
Chambersburg PA
CBHW061423170626
46811CB00005B/2106